木曜日の五行歌

草壁焰太
編
岩崎千夏
イラスト

東京堂出版

島に抱かれて

朝日新聞西部本社が発行する朝刊で、新しい情報ページ「さんさんネット」を制作することになった。社会部を、一時離れ、この仕事に専念することになった。任された紙面構成をどうするのか、悩んでいた。作者が、急速に広がりをみせている五行歌の紹介を核にしたい、と考えていた。少しでも読者に注目してもらうには、どうしたらいいのか？　決め手がないまま、日々が刻々と過ぎていった。

そんなときだった。五行歌の会（東京）から、一冊の本が贈られてきたか、紹介を受けた。会の新進気鋭の水源純さんの五行歌を、イラストにはめ込んだすばらしい本だった。「やなせたかし」さんが責任編集する「詩とメルヘン」と題名にあった。

「この感じで紙面を作ることが可能ではないか」と直感した。編集部の私の机の電話を握っていた。ダイヤル先は、本の出版元、サンリオ編集部だった。「九州・山口地区で、イラストを描き、そちらの編集部に作品を寄せている人で注目されているのは」と、息せき切って問うていた。数日後、丁寧な返事が届けられた。

数人の名前があった。早速、全員に連絡を取った。そして、作品の写真を送ってくれるように依頼した。どの作者もすばらしかった。だが、新聞紙面にふさわしい絵柄という制約があった。悩んだ末、いつまでも脳裏を離れなかった絵が残った。

作者は岩崎千夏さんと知った。一九九七年、サンリオのイラストコンクールで、佳作賞に選ばれた実力を有していた。岩崎さんは、山口県萩市の沖合にある見島に暮らしていた。交通手段は船だけだった。冬場、風の強い日は欠航もした。その島に、岩崎さんを訪ねた。記憶では、冬の季節だった。来島することは伝えていた。風の強い船着き場で、彼女は待っていてくれた。

自己紹介もそこそこに家に向かった。旅館を家族で、営んでいた。一室に彼女のアトリエがあった。本来、岩崎さんの絵の描き方は日本画だった。暮らす見島は、対象となるモチーフにあふれていた。人や野良ネコ、灯台、海岸……。彼女を包み込むすべてがあった。

「私でよければ」と言ってくれた。紙面掲載が始まった。編集部に、岩崎さんあてのはがきや手紙が届き始めた。「心が和みます。どんな方なのでしょう」「島を訪ねてみたい衝動にかられています」という内容がほとんどを占めていた。都会で仕事をすることも可能だった。なのに、あえて、彼女は島の暮らしにとけ込むことを決めていた。「島での時間の流れが、とても心地いい」と語った。それは、島に足を踏み入れた途端に理解できることだった。

絵と、どんな五行歌を組み合わせたらいいのか？　難しくも、楽しい作業だった。いま、振り返ってみても、作業は至福の時だった。いつもは記事を書くことが、なりわいの身だが、編集者みょうりとしての喜びを教えてくれた。

多くの人の支えで、今回、岩崎さんの一連の絵が「主役」の本ができると聞いた。知己を得た一人として、うれしいことだった。どこまで、彼女が独自の世界を極めていくのか？　私は、ほんの少し、彼女の背中を押し、舞台に立ってもらっただけの役割だった。これまで通り、島の「時刻表」で描き続けて、と思った。

二〇〇二年一月十六日

朝日新聞西部本社・社会部

長沢　豊

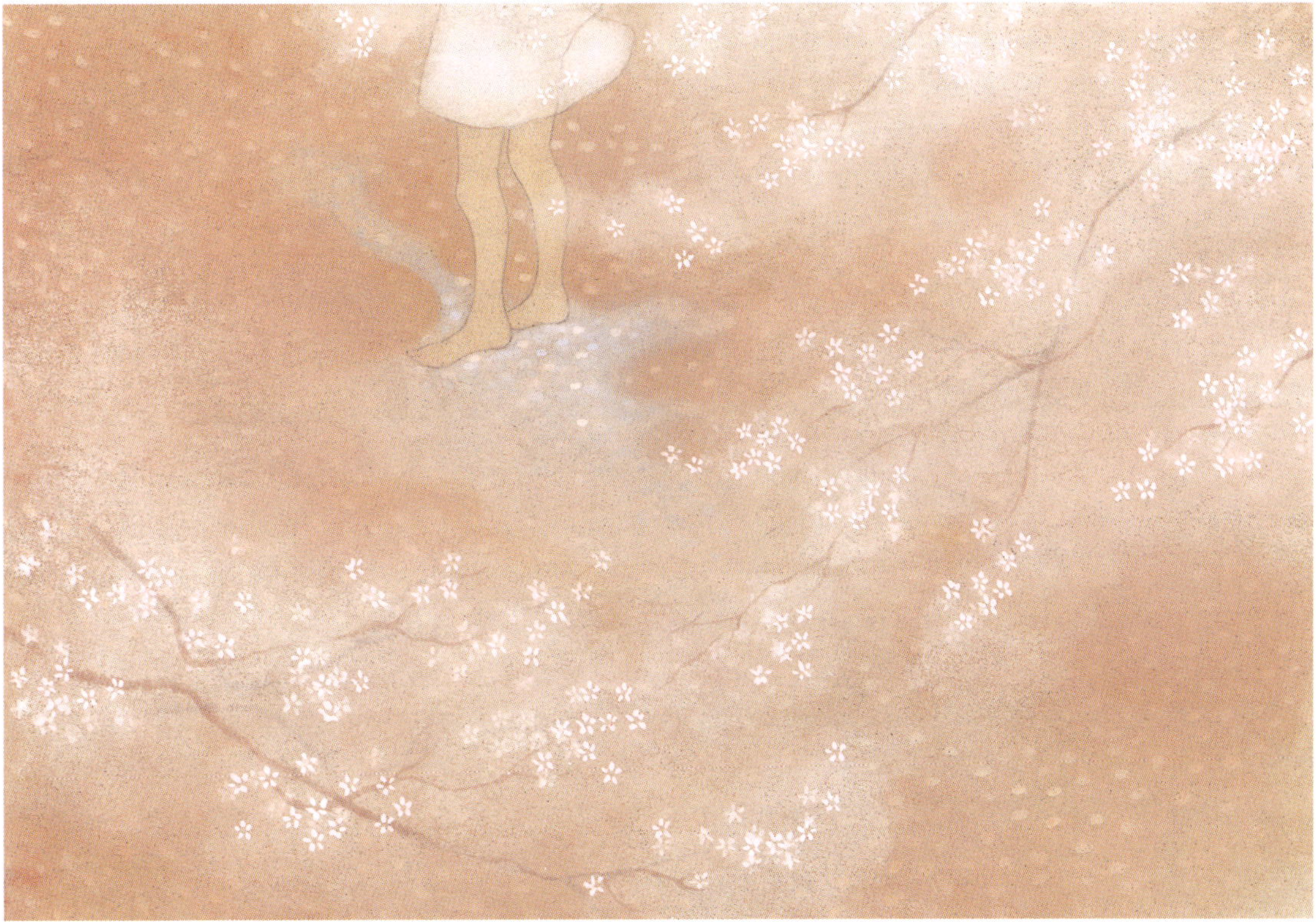

女王様の散歩のよう
昨日は
桜の天蓋の下を
今日は
花びらの絨毯の上を
峰村百合子（埼玉県）

花びらの
散り敷く道に
素足で立つ
ひやっと
桜色の冷え
柳瀬丈子（東京都）

無人駅に
満開の桜
途中下車して
そっと
寄り添う
見山敦子（愛媛県）

桜の下を
帰ってきたのね
花びら一枚
傘に
のせて

森本いく子（埼玉県）

先頭の鴨が
花筏を裂く
ほつれた花筏を
ワァーと降りてきた
花びらが繕う

丸山武子（千葉県）

桜の花に
夕暮れは
似合う
西日を背にした
妻もいい

小倉はじめ（滋賀県）

横たえた
女体を
目と言葉と
繊細な指で剥《は》ぐ
その男の初め方

紫野　恵（福岡県）

この足首に
絡みつく
口唇の感触
消えないうちは
歩き出せない

上野万紗子（熊本県）

無慈悲な指が
罪の熱さを
描く
もっと
裏切りをください

寺本一川（福岡県）

雨の中
じっと待ってると
かさの下にも
雨が
降るの

佐藤朝子（埼玉県）

雨の日に
別れた
気持ちが
静まる
人だった

甲斐良太（福岡県　高二）

雨も
雪も
そう
あなたを飾るように
降る

南野薔子（福岡県）

いい月夜さんだ
と
老夫婦の話す声が
届く
散歩道

横谷恵子（三重県）

積み上げた日々に
重さがない
私は
本当に
生きていたのか

屋代陽子（新潟県）

森の
樹々《きぎ》のかなでる
賑《にぎ》やかな
シンフォニー会場に
ただひとり

下瀬京子（福岡県）

あっ
春
風の
芯が
まるい

酒井映子（東京都）

空を見る
青々としてきもちがいい
風がビュービュー
風が
すきとおる

楢崎陽子（福岡県　高二）

ああこの人は
風に
同化している
目を閉じて
髪をなびかせて

高原伸夫（福岡県）

あの日の
親父のような
親になろう
異國へ去る
子に黙して
太田君央（神奈川県）

あの雲の中
遊んでいるのね
ぼうや
ママの胸に
落ちておいで
ａｏｉ（鹿児島県）

お腹の子に
八つ当たりする
上の子
泣いて泣いて
どうしたもんかねぇ
陣内洋子（埼玉県）

静寂の森に
消えていく
一筋の道
いつの日か歩くのは
この道なのか

豊島義明（愛知県）

木の芽おこしが
降るなか
野良這う…虫に
ぬき足…差し足
…子猫一匹

石村雷太（愛媛県）

両足のない人が
こぶしで
五千キロ歩いた
これでどんな言い訳も
できなくなった

織田五楽（神奈川県）

つくしも出てきた
ミミズも出てきた
大地が
ほころんで
いる

川本文香（佐賀県）

年齢《とし》の差を
縮めるように
背伸びをして
壁の写真に
キスをする

みかん（大分県　高二）

あなたの
短い人生
私に
さずけてほしいの
後悔はさせないから

静　花（滋賀県　中一）

「生きる」とは
「生きて行く」とは
「生き抜く」とは
痴呆の母に
教わる

草野　香（福岡県）

人の世には
山を越え
河を渡っても
辿りつけない
ふる里がある

伊藤赤人（東京都）

ふと出会った
この道に
魅せられて
端っこを
そっと歩いてる

江﨑冬華（福岡県）

抱き寄せられて眠る
一夜一夜が
幾千夜となり
地層のように
私に積もる

風野　凛（福岡県）

今日の喧嘩が
嘘のような
桜桃みたいに
寄り添っている
姉妹の寝顔

菊野英美（神奈川県）

街も
雲も
大気も
みんな赤くラッピング
明日は晴れか・・・・

笹島雄一郎（福岡県）

故郷に
飾る錦は
ないけれど
緑の山に
手を振ろう

中邨安栄子（京都府）

食卓は
春の山
五臓六腑に
若芽の命が
染み透る

菅原弘助（秋田県）

忘れかけてた
初恋
思い出したのは
日に透きとおる
若葉のせい

高原美智子（福岡県）

僕はポツンと立ち止まる
僕といっしょに育つ
黒い影
影は
僕をどう見るだろう

柴田　優（福岡県　高二）

雪でも
午前五時でも
土砂降りでも
卒業式でも
君の幻影

濱内流歌（佐賀県）

生きている資格があるのかと
つぶやく私に
生きるのに資格がいるのかと
ほほえむ　あなたの
やさしい目

おても（熊本県）

メロン色になるという
海に
行こうと思う
白い帽子は
もうある

李　陽子（大阪府）

釣糸を
垂らす
夫は
海に
溶けている

大薗美壽穂（福岡県）

溶けあって
すべてを
包む
海になりたいとは
思わないか

阿島智香子（京都府）

春の海は
やさしくて
その上を
歩いてゆける
ような気がする

酒井みずほ（神奈川県）

くるっと
回ってみせて
スカートが花になる
女の子がいる
幸せは

田村二三子（福島県）

俺は
全天候型の
小型ポートの船長だ
不景気だろうがリストラだろうが
不敵の航海をする

松崎俊道（東京都）

すみれの花は
たからづか
かあちゃんの学校は
いなかの町の
たんぽぽ

谷川　清（東京都）

草波に
五体をゆだねる
さぁ
海のことを
おしえておくれ

村松清美（山梨県）

多摩川の
春ふくらむ土手の上
走って走って
脱ぎすてる
ゆうべまとった涙の衣

鈴木信子（神奈川県）

北斎描く
浪に似て
立浪草
お前はいい名前を
もらったね

橋本典子（東京都）

白という
色に染められて
今日も
あなたの
白を追う

田村深雪（山口県）

だまされたふりを
しているだけよ
あなた
あじさいは雨の朝
ただぬれてたっている

稲垣とし子（東京都）

わたしがする
猫いじめ
ぎゅっと
抱きしめ
ぐるじいか

手鞠ねこ（山口県）

笑顔で語る
民話
藁草履に
編み込んでしまう
遠野の翁

智　山（秋田県）

おしりが
キュウ～ッと
くるほどの
犬
まさに、セクシ～

吉川晃平（熊本県　中二）

恋のはじめは
ちょっとしたこと
日傘の
下の
立ち話

大井修一郎（大阪府）

髪を染めても
変わらない私
今度は心を
虹色に
染めてみようかな

阿部　尚（専修大三年）

緑の
雨粒を丸めて
小枝にくっつけたような
梅の実の
赤ん坊

よし・はじめ（神奈川県）

草の
そよぎよ
夏草の
刈る手を止めて
吹かれている

藤内明子（福島県）

畦道に
群生する
白つめ草
忘れられたように
咲いている

山上政子（奈良県）

潮風にのって
トンビが高く
飛んでいる
江ノ電には
急行ってないのね

島田綺友（神奈川県）

太陽のような
あなたを
追いかける
向日葵みたいな
恋でした

永井純子（愛媛県）

花を見つけたら
風を送ろう
さわやかに
さわさわと
ゆれたらうれしい

草野嘉夫（滋賀県）

君と
自転車で二人乗り
薄着が
少し恥ずかしい
向日葵の道

大庭知子（東京都　十六歳）

一枚の
草を手にとり
その葉脈を
旅する
清《すが》しい道だ
岡本まさ子（神奈川県）

狭山丘陵を歩くと
ふわっと
空気が甘くなる
見上げれば一面
白い朴の花
神島宏子（東京都）

蔓を巻いて
登りつめた
朝顔の種が
立木の頂きで
夏を待っている
向井文丸（神奈川県）

まだ
知らないままでいた
本当の「青」の
深さも　広さも
猛々しさも

稲本　英（福岡県）

小鳥の群れ
幾何学模様を
造りながら飛ぶ
宙を舞うだけでも
凄いのに

玉　虫（京都府）

じぶんがなくと
こころがなくの？
じぶんがなくと
こころが
わらう

おおにしまほ（大阪府　小一）

千曲川に糸を垂れる
のどかな日ざし
鮎はまだだが
腹が赤味を帯びた
うぐいがつれる
天野正迦（東京都）

空豆の
緑の莢
黒の莢
それぞれ筵に
干してある
篠原喜代香（愛媛県）

家中でも
ひときわ小さな
お弁当箱を
祈るように
子に差し出す
安川美絵子（福井県）

目の届く限りの
茶色のラプラタを
さらりと
青色に変える
海の実力

奥田　勇（福岡県）

漁師さんの笑顔
私は
三陸の
海底に
手をつく

工藤真弓（宮城県）

荒波でもいい
この
断崖のように
打たれる事ばかり
願っている

金沢詩乃（北海道）

何十人もの
赤ん坊の
お尻のようだ
びわの木を
見上げる

丸岡ひとみ（千葉県）

目のさめる
翡翠色の
青虫は
腹のなかまで
ヒスイ色

宮澤慶子（奈良県）

地平線の
果てまでも
つづくかと
緑の草原に
ブラックフェースの羊達

大須賀留美子（京都府）

何よりも
この白いノートの色よりも
君の着る制服の色よりも深い
君と僕の
友達の色

大野　貴（福岡県　須恵中三年）

よく
聞こえないのは
人が心を
守るための
言葉

寿柳裕子（福岡県）

だれにも言えない
ひみつさえ
いってしまうよ
君ならネ
大好きな友達だから

植林智子（福岡県　下山門小六年）

かげは
なぜ黒い
なに色でも
よかったのに
黒いんだ

長谷部渚（東京都　七歳）

せみが
しんだのは
だれか
いのちのはねに
ふれたから

小澤光希（東京都　五歳）

ふとんが
でかくて
せかいじゅうのひとが
いっしょに
ねてくれたらいいのになあ！

李　尚彦（大阪府　五歳）

幾千年の
海との語らいで
岩に刻まれた
潮文字
何を語るか

赤井　登（千葉県）

角《かど》が
命
冷やっこの
白い
品格

鈴木春野（神奈川県）

そんなに
楽しかったの？
ニコニコと
どろんこのくつ下
ぶら下げて

茅田道子（広島県）

二才のあなたが
母ちゃんいないと
泣き叫んだので
又柩の蓋を
開けたのよ

中司和子（福岡県）

風向きを
変えるのは
いつだって君
全力疾走が
風を熾《おこ》す

游（大分県）

「抱きしめられると
動けないよ」
「じっとしてろ」と
言われて
苦しい

稲田準子（大阪府）

「そ・ら」と
大空に向って言う
「ら」の音が
バイブレーションになって
みるみる青に吸い込まれる

松山佐代子（大阪府）

空と
向い合っていると
裸になっていきそうだ
優しさだけを持った
鳥になれそうな気がする

前田嘉代子（兵庫県）

ふわふわと
空の舞台で
"雲"のファッションショー
ときに太陽さえ
スカートに巻きこんで

市原恵子（熊本県）

赤ちゃんを
抱っこすると
からだ中の
細胞が
ため息をつく

生稲みどり（東京都）

子を叱った日に
見た夢は
私を身籠る母の
痛ましいほど
幼い横顔

大西直子（大阪府）

できたばかりの
ふんわり大きな
かたちのまんま
となりの国まで
秋の雲

今井泊舟（京都府）

昔、苛めたことのある
誰かの涙が
今
我が子の
頬をつたう

吉川朋子（熊本県）

学校帰りの子
空缶を
からんころんと
どこまで
蹴って行くのだろう

拝生初子（福岡県）

語らないと
知らないになり
やがて
歴史の流れの中で
無かったことになる

希　雲（神奈川県）

貨物列車の音
あたしを遠くへ
連れてゆく
ちいさくて
すきとほってた頃へ

花嶋八重子（千葉県）

こんなひとが
私の母であったなら
よかったのに
と思う女性《ひと》に
子は無くて

桂木その（福岡県）

山は
むらさき色
コスモスの上を
風がそっと
流れる

武部　静（千葉県）

流れの軌跡を
岩に遺し
川は
みえない水で
満ちている

水源　純（東京都）

かなしみの
においは
しなかった
だって
ここにある

加藤千穂（大分県）

幾多の物語
流したろう
干上がった河底は
白い骸の
石の群れ

吉川敬子（埼玉県）

顔のない仏より
飢えた母子の顔に
手を差し伸べねばならない
政治も宗教も
そして私も

甲斐原梢（福岡県）

私のこと
知ってるのね
だって今
微笑ったでしょ
山の磨崖仏さん

小橋美緒（神奈川県）

米を
研ぐ音が
大きい夜
母さんは
無口だった

船津健治（東京都）

歩き続けて
斃《たお》れるのなら
口ずさむ
小さな歌を
用意したか

西　博（長崎県）

空に
残ったままの
白い月
帰れないのか
おまえも

杉山高美（茨城県）

屍の山上に
生かされているのなら
天を
見据えて
歩まねばならぬ

酒井浩一朗（東京都）

光が
カリッと
食器のふちにもある
君　秋の花を
見に行こうよ

草壁焔太（埼玉県）

青が
黒味を
帯びている
白馬岳の
空の青

三好茂弘（奈良県）

子烏に
まとわりつかれて
ちがうわよ
ちがうわよと
トンビの慌てぶり

多陀能処民（鹿児島県）

君になら
だまされてもいいと言う
男に
口づける
真実《ほんと》のこころで

素　音（福岡県）

「待つ」ことを
知る人の
まわりは
ふわっと
暖かい

稲泉幸子（東京都）

言葉
じゃない
あなたが
言うから
目が潤む

服部博行（静岡県）

倖せって
見えにくいよね
昼間の
玄関燈みたい
何かがほしくなる
高地由乃（静岡県）

ただ一本の
筒として
存在する
孕まぬことを
問われるとき
中島麻希（大阪府）

真夜中に
幻の客が現われて
食事をとるだろう
居抜きで閉鎖の
ガラス張りのレストラン
小港磨子（神奈川県）

夕暮れのエビ漁に
一人で乗り込む
じっちゃんの船
「最高搭載人員11人」
と書いてあった

奥田　絢（福岡県）

心と心を
タスキに託して
走る高校生に
キレルという
言葉はない

宮地陽三（福岡県）

二十年ぶりに
海を見たという
友の涙に
もう一度
港を眺める

小山俊子（兵庫県）

一面の
曼珠沙華で
あろうか
日本武尊を
つつんだ野火も

菊江　寛（埼玉県）

山ぎりの包みが
ほどけて
紅葉が
こんなにも
美しいなんて

山中洋凰子（京都府）

ほう
なんて艶やかな
すすき野だ
め狐が
隠れているのかも

大友誠三（福島県）

大根を
抜いた穴ぼこに
丸丸と
初冬晴れの
陽が溢れてる

近藤　糺（神奈川県）

赤ん坊は
なぜ可愛いの
おれたちとちがって
優越感も劣等感も
もたないからさ

栗城一成（千葉県）

今日の小松菜
きっとおいしいよ
七つ星の
てんとうむしが
ついていたもの

花畑正美（神奈川県）

自転車の
荷籠に乗った
女の子
弁天さまのように
母の胸に咲いている

倉重直子（福岡県）

生かされて
生きるより
自分なりでよか
ゆっくり
生きてゆこうね

山鹿勝士（福岡県）

晩秋とは
胡蝶の
羽音さえ
聞こえる
もの

山本淑子（福岡県）

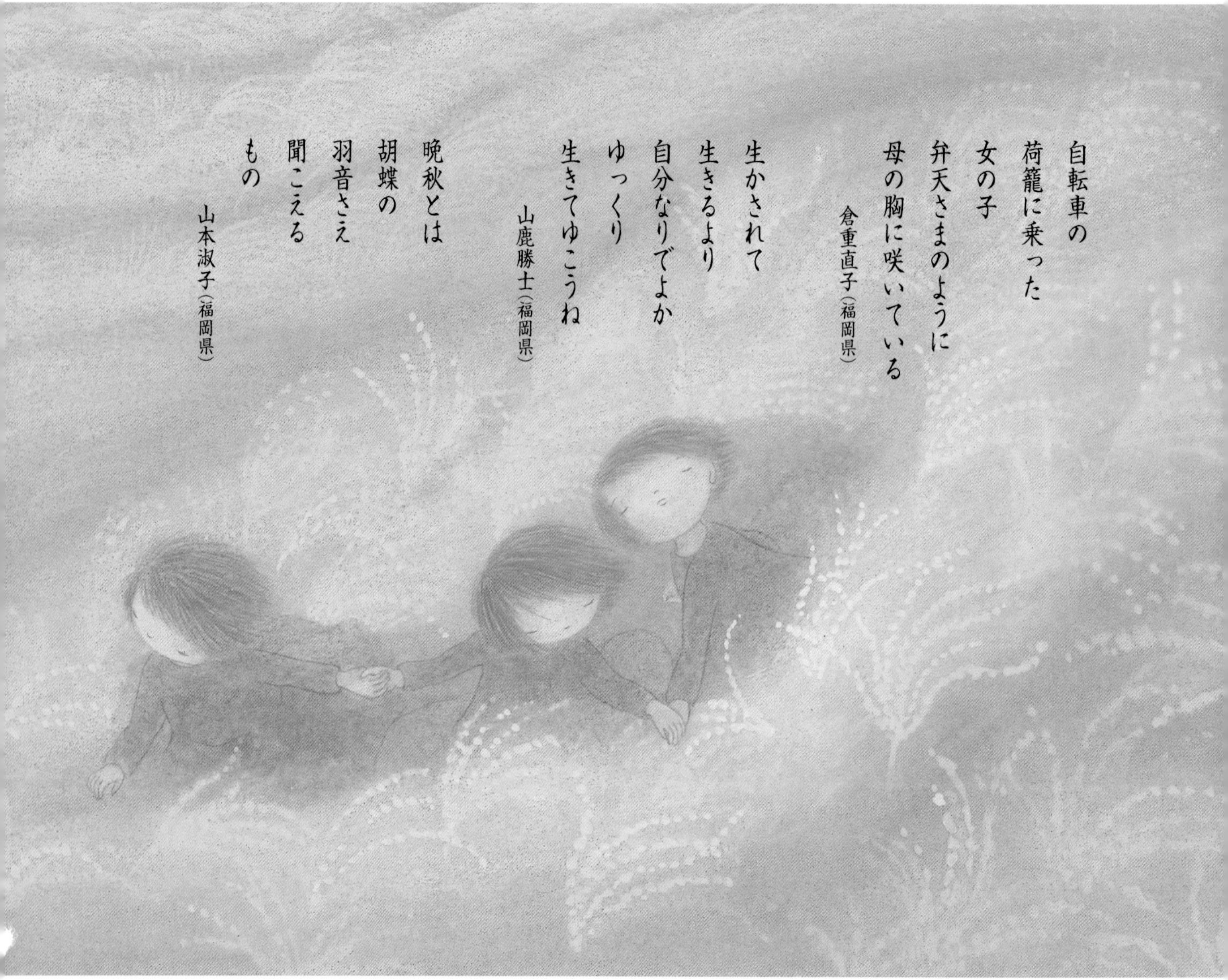

「お母さん
抱えきれないほど
秋桜を摘んできたの」
あの子の最後の
秋、そして秋桜

冬　扇（愛媛県）

いくとせの雨風に
目鼻すりへり
なお
にこやかな
石仏

城　雅代（奈良県）

雲間の
日輪から
梯子が
かかる
石蕗《つわ》の花

増田幸二（奈良県）

もしも
薔薇座という
星があるならば
瞬くように
甘い香りが降るだろう

高橋美代子（愛媛県）

次の出会いの
ための別れと
書いてある
いろんな本に
書いてある

橋詰俊勝（奈良県）

長い歳月
私は
北極星を
見つめる
白熊のようだった

中岡銀次（神奈川県）

冬ってね、お空もみんな
ぞうさん色だよね
そういって
もみじのほっぺが
見上げてる

堀江理世（千葉県）

落ちていた
大きな葉
君は柏だと言い
僕は朴《ほう》だと言った
それがなれそめ

坂田　登（千葉県）

老女の
美しく
思える
雨の朝まだきの
死

福島吉郎（北海道）

雪に無いもの
色
音
そして
軽蔑

佐山和実（宮城県）

降り積もる雪
踏みしめた感触が
忘れられなくて
もう一度
心の中で歩いてみる

河端洋安（大分県）

降りしきる雪に
物語一つ
隠して
髪を濡らして
歩き続ける

雅流慕（秋田県）

敵の殺意を
萎えさせるほど
美しく
輝く人に
育ってください
佐藤義朗（神奈川県）

午前二時の円山町
シャツを脱いだら
わかりあえると思った
シャツを脱いだら
ひとりぼっちとわかった
安藤房子（神奈川県）

人波が
作る
汀《みぎわ》
雑踏《ざっとう》の
交差点
宮崎　敦（東京都）

頭の中に
美人が一人
入って来た
代わりに妻が
独り出ていく

高山三郎（大阪府）

遠近両用メガネ
出来上がる
さて
君を
どちらで見るかな

窪谷　登（東京都）

温泉へ行って
疲れましょう
ぼくは
社員旅行の
幹事さん

加藤雅一（東京都）

選ぶ
選ばれる
ではない
「この人だ」と
いう確信

植松美穂（大阪府）

花を
咲かしたければ
冬の
寒さに
晒せという

森岡　洋（東京都）

白無垢姿の
まっ白の中に
今日から
他人の
娘の笑顔

下浜和子（大阪府）

命
肉体
こころ
束ねて
村山二永という人間

村山二永（山梨県）

本当は
とっても寂しいのに
「ひとりの空間」
と　思うのも
私の一部分

西村真知子（島根県）

自然治癒に委ねたい
との
友の手紙
重すぎて
そのままにしている

坂本龍雄（埼玉県）

連日
降り続く雪
「もういりませんなあ」と
スコップ杖に
腰を伸す

村尾澄子（兵庫県）

結露した窓は
外界を
遮断している
雪はクルクル舞いながら
湖に遊んでいる

百楽天（千葉県）

自分へ
還ろう
そんな
白さで
雪が降る

輿石幸司（埼玉県）

不可解を
理解にかえて
音もなく降れ
ゆき
母の上に

葛原りょう（東京都）

凍てつく足
片方づつ上げて
待つ
律義なガイド
遺跡の犬

坂本正子（埼玉県）

濡れた敷石
心なし
あたたかい玄関に
傘の
ぼたん雪をはらう

三好叙子（埼玉県）

初めてのキス
覚えている？
雨上がりのクリスマス
冷たかった
あなたの唇

中山由奈（東京都）

紙風船
たよりないのに
中には
ちゃんと
あなたの空気

藤田真実（静岡県）

満天の星
おとうさん
また
人を
好きになりました

綿屋誠子（東京都）

あの人と
背《そ》信《む》くと決めたから
そよ風ほどの
慰撫も
いらない

高樹郷子（神奈川県）

何度も
人を裏切った
キスだね
もう一度
しよう

上野万紗子（熊本県）

夕べの宴の残骸を
ついばむ黒い鴉たち
街が次第に目覚めてく
後悔
なんてしてない

橋本智美（東京都）

自分の匂いを
消すなんて
信じられねぇ
何に脅えてんだい
と犬達

樹　実（大阪府）

なにもかも
行き詰まっているのに
なぜ
夜の灯は
多彩なのだ

叶　静游（東京都）

着ぶくれた子が
ベビーカーから
チラと私を
見上げた
春はもう少しだからね

稲岡みち子（東京都）

小さな頃から絵を描くことが好きだった私は、もし自分の絵が沢山載っている本があったらどんなだろうと、よく想像してみたものでした。

今、その夢みていたものが、ココにあります。

ずっしりと重く、あったかい喜びが心の中に静かに降り積もってゆくのを感じながら、今はただ、そっと歩みを止め、その喜びにひたっています。

二年程前に、私の暮らしている小さな島を、わざわざ訪ねてきてくださったのが、朝日新聞社の長沢豊さんでした。冬特有の悪天候の中、船から笑顔で降りてこられた姿を昨日のことのように、思い出します。「いい所に住んでいますね、この島をテーマに描いてみませんか」という。その時の長沢さんの言葉によって、新たな自分の世界が広がっていったような気がします。私という小さな存在を見つけてくださり、手を差し延べ、見守り続けてくださった長沢豊さん、本当にありがとうございました。この場を借りて、厚く御礼申し上げます。

私のつたない絵は、五行歌という大きな翼に導かれ、今、楽しい旅をさせていただいております。私の住む島からも、少しずつ消えてゆく懐かしくせつない風景、自分の想像の中にだけある風景…。それは自分の心の奥底にあるものを見つける旅にもなっています。

この本の制作にあたり、自分がいかに、たくさんの方々に支えられ、助けられているかということを改めて感じております。

この本の企画、制作、全てのことに奔走してくださった五行歌の会の草壁陥太先生、東京堂出版の山下鉄郎さんにはお世話になりっぱなしでした。惜しみない協力で支えてくださった「朝日マリオン21」の村田久美子さん、編集部の皆様、この喜びを与えてくださったすべての方々に感謝の気持ちでいっぱいです。

私事ですが、いつも傍で支えてくれた、父と母にもお礼の言葉を送らせてください。

そして、最後になりましたが、この本を手にとってくださった方に、心からお礼と深い感謝の気持ちを捧げます。

二〇〇二年三月七日

岩崎千夏

編者あとがき

五行で自由に、ただし、きりっと締めて書くという、この新しい詩歌、五行歌は、四十五年前に発想し、九年前に全国的な運動として、広めてきたものであるが、その広がりの決定的なきっかけとなったのは、四年ほど前から朝日新聞西部本社の長沢豊氏が、その将来性を見込んで下さり、西部本社版のさんさんネットに掲載してくださったことにあった。

二年前には、岩崎千夏さんの美しいイラストを背景に毎週三首ずつの掲載となり、さらに約一年前からは、「朝日マリオン21」の藤原勇彦氏、村田久美子氏のご尽力によって、東京本社版夕刊の朝日マリオンにも毎週掲載されることになり、広く知られるようになった。

月日とともに投稿数も急増し、投稿歌の水準も上がってきた。またさらにこのたびは、東京堂出版の山下鉄郎氏のご厚意により、イラスト入り五行歌の集が初めて刊行できることになったことは、望外の喜びである。

岩崎さんの希望をお聞きして、イラストを決定し、改めて選歌に入った。というのも、西部本社版と東京本社版の作品がダブルことになるし、この際はなるべく一人一首の原則を守りたかったからである。

いままで、初期は長沢氏が後に私が選歌したが、私はイラストの説明だけを伺って掲載歌の候補を出していた。

今回、初めて実物のイラストを見ながら、歌を選ぶという経験をし、背景のある歌の構成として、また別種の製作として考えるべきだと思い始めた。絵を前にしてみると、いままで私の見てきた全五行歌の中に、「まさしくこれ」とフィットするものも出てくる。

いままでの朝日の欄をできるだけ重視しながら、私は別の創造を十分に楽しむことができた。数日は眠ることも忘れたほどである。

その結果、いままでの五行歌集に比べて、美的になり、優しい、自然の歌が多くなったという気がする。

このような作り方もまた楽しいものであった。それはおそらく読者のみなさんにも、感じて頂けるであろう。

前述の長沢、岩崎、藤原、村田、山下の五氏、また数多くの投稿者のみなさんと五行歌の会の会員のみなさんの作品なしに、こんなに床しい楽しみはありえなかった。ただ深く感謝するものである。

「朝日マリオン21」にも共催して頂いた第三回「恋の五行歌」公募作品のうち、上位三首も掲載したため、高樹郷子、上野万紗子氏のみは二首掲載となった。これはやむを得まいと思う。なお、「恋の五行歌」については、第二回の公募作品も併せて、同じ東京堂出版より、いずれ刊行の予定である。これもご期待頂きたい。

二〇〇二年三月五日

草壁焰太

草壁焔太（くさかべ　えんた）

1938年3月、旧満州大連市生まれ。東京大学文学部卒。
短歌、自由詩を書いていた19歳のとき、新詩型、五行歌を発想。
48歳のとき五行歌運動の開始を決意。
54歳のとき五行歌集『心の果て』（市井社）を刊行。
翌'94年「五行歌の会」を発足し、月刊誌『五行歌』を創刊。
著作に五行歌集『川の音がかすかにする』
『飛鳥の断崖―五行歌の発見』（ともに市井社）
『五行歌の事典』『五行歌入門』（ともに東京堂出版）など多数。
〈五行歌の会〉Tel.03-3267-7607

岩崎千夏（いわさき　ちなつ）

1970年6月、山口県萩市生まれ。
京都芸術短期大学日本画コース卒。
第17回「詩とメルヘン」イラストコンクール佳作入賞。
創画展、春・秋4回入選など。
現在郷里の萩市見島にて創作活動を続ける。

木曜日の五行歌

発行日 ―――― 2002年4月25日　初版印刷
2002年5月10日　初版発行
編者 ―――― 草壁焔太
イラスト ―――― 岩崎千夏
発行者 ―――― 大橋信夫
発行 ―――― 株式会社東京堂出版
東京都千代田区神田錦町3-7　〒101-0054
電話　03-3233-3741　振替口座　00130-7-270
ブックデザイン ―――― 小泉まどか（志岐デザイン事務所）

ISBN4-490-20464-7 C0092